Pa

Texte de Marguerite Hann Syme

Illustrations de Janine Dawson

Texte français de France Gagnon

Éditions
■SCHOLASTIC

Catalogage avant publication de la
Bibliothèque nationale du Canada

Syme, Marguerite Hann, 1949-
  Parlez-moi! / texte de Marguerite Hann Syme;
  illustrations de Janine Dawson; texte français
  de France Gagnon.

(petit roman)
Traduction de : Talk to me!
Pour enfants de 7 à 9 ans.
ISBN-13 : 978-0-439-96626-9
ISBN-10 : 0-439-96626-4

I. Dawson, Janine II. Gagnon, France III. Titre.

PZ23.S974Pa 2004   j823'.914   C2003-906508-1

Édition publiée par les Éditions Scholastic, 604, rue King Ouest,
Toronto (Ontario) M5V 1E1 CANADA.

8 7 6 5 4   Imprimé au Canada   09 10 11 12 13

*Pour mon éditrice, Penny M.,
une perle! – M.H.S.*

*Pour Kathy, toujours joyeuse
au téléphone – J.D*

Chapitre 1

Anna est seule et s'ennuie. Elle regarde un escargot qui rampe dans la plate-bande.

— Je ne veux pas jouer avec un escargot, dit-elle. C'est endormant.

Anna prend un bâton. Elle le
traîne contre la clôture d'en avant,
d'un bout à l'autre.

Elle s'arrête devant la vieille
boîte aux lettres, à la bouche
grande ouverte. La boîte a l'air
de s'ennuyer, elle aussi.

— Je vais t'appeler Rex, le
monstre-boîte solitaire, dit Anna.

— Aimerais-tu jouer avec quelqu'un? chuchote-elle à la boîte aux lettres.

La boîte reste immobile sur la clôture et ne répond pas.

Anna décide d'aller voir sa maman. Peut-être que sa maman voudra jouer avec elle. Sa maman est amusante.

Chapitre 2

— Maman! crie Anna en courant dans le corridor.

— Je suis dans le salon, répond sa maman, juste au moment où son cellulaire sonne.

— Allo! dit la maman d'Anna.

— Allo! répond Anna.

Puis elle s'aperçoit que sa
maman a la main près de l'oreille.

Anna fronce les sourcils.
Maintenant, sa maman ne voudra
pas jouer avec elle.

5

Anna se laisse tomber sur le
sofa.

— Mais oui, Cathy! dit sa
maman. Viens maintenant.

Anna met un pied sur le dossier du sofa, puis l'autre pied. Elle n'a pourtant pas le droit de grimper sur les meubles.

Sa maman regarde d'un côté, puis de l'autre; mais elle ne voit pas Anna.

Anna se met debout sur le dossier et vacille.

— Ha, ha, ha! fait sa maman au téléphone.

Anna fait un pas, puis vacille encore.

— Oui, apporte du pain, dit sa maman. C'est une bonne idée!

Anna tombe sur le sofa, tête première dans les coussins.

— Oups! crie-t-elle.

— Fais attention, Anna! dit
sa maman.

Puis elle sort de la pièce, le
cellulaire à l'oreille.

Anna se tourne sur le dos et fixe le plafond.

Chapitre 3

Anna ouvre la porte arrière et
cherche son papa. Peut-être que
son papa voudra jouer avec elle.
Son papa est amusant.

— Papa! crie Anna en
descendant les marches à la
course.

— Je suis près de la voiture!
répond son papa, juste au moment
où son cellulaire sonne.

— Allo? dit-il.

— Allo! répète Anna.

Puis elle s'aperçoit que son papa a la main près de l'oreille. Elle fronce les sourcils.

Elle s'assoit sur la pelouse, au haut d'une petite pente, et attend.

Son papa sort des sacs d'épicerie de la voiture. Ils semblent lourds.

— Ne t'en fais pas, mon vieux! dit-il très fort.

Son papa regarde d'un côté, puis de l'autre; mais il ne voit pas Anna.

Anna s'étend, et étire ses jambes et ses bras. Juste en bas de la pente, il y a le jardin potager.

— Ha, ha, ha! fait son papa.

Anna commence à rouler vers
le bas de la pente.

— Regarde-moi! crie-t-elle.

Elle fonce tout droit dans les
plants de tomates.

Son papa marche vers la maison,
le cellulaire à l'oreille.

— Fais attention, Anna!
lui lance-t-il.

Anna se dégage des plants de
tomates en roulant sur elle-même,
puis elle fixe le ciel.

Chapitre 4

Anna pousse la barrière de la
clôture. Oncle Jeff vit juste à côté.
Il joue toujours avec elle. Il est
très amusant.

— Oncle Jeff! crie Anna.

— Je suis dans la cuisine! répond oncle Jeff, juste au moment où son cellulaire sonne.

— Comment ça va? demande-t-il très fort.

— Je m'ennuie! dit Anna.

Puis elle s'aperçoit qu'oncle Jeff
a la main près de l'oreille.
Elle fronce les sourcils.

Anna s'assoit sur une chaise.

— Bien sûr que je veux venir chez toi! crie oncle Jeff.

Oncle Jeff regarde d'un côté, puis de l'autre; mais il ne voit pas Anna.

Anna prend une grosse casserole
et se la met sur la tête.

— Allo! dit-elle en riant.

— Ha, ha, ha! fait oncle Jeff en
se dirigeant vers la buanderie.

Anna se lève. La casserole est toujours sur sa tête.

— Allo! crie Anna, avant de
s'écraser dans le placard.

— Fais attention, Anna! dit oncle
Jeff.

Il tient des bouteilles de boisson
gazeuse et a toujours le cellulaire
à l'oreille.

Anna laisse tomber la casserole et fixe une araignée au bout de son fil.

Chapitre 5

Anna rentre chez elle en frappant la casserole, comme si c'était un tambour.

— Je m'en-nuie! Je m'en-nuie!

Une voiture s'arrête devant la
maison et Cathy, l'amie de maman,
en descend, une baguette de pain
à la main.

Anna se cache derrière les marguerites.

— Cathy va jouer avec moi, dit-elle avec un grand sourire.

— Allo! C'est moi! crie Cathy.

Anna surgit du massif de marguerites en rugissant comme un lion. Puis elle s'aperçoit que Cathy a la main près de l'oreille.

Anna fronce les sourcils.

Cathy a vu Anna, mais elle
continue son chemin.

— Oui, c'est super! crie-t-elle
dans son cellulaire.

Anna suit Cathy.

Dans la cour, le papa d'Anna fait cuire des côtelettes sur le barbecue.

Sa maman met la table.

Oncle Jeff remplit les verres.

Tous se saluent d'une main. Leur cellulaire dans l'autre main, ils continuent de parler à leurs amis.

Anna ouvre la bouche le plus qu'elle peut. Sa bouche est maintenant plus grande que celle de Rex, le monstre-boîte solitaire.

Puis elle frappe la casserole, comme si c'était un tambour.

— JE M'EN-NUIE! crie-t-elle.

Elle marche au pas autour de son papa et de sa maman en frappant la casserole.

Puis elle marche autour d'oncle Jeff et de Cathy.

— JE M'EN-NUIE!

Tous les adultes se bouchent une oreille avec une main et pressent leur cellulaire contre l'autre oreille.

— Anna! Tais-toi! lancent-ils tous.

Anna a envie de pleurer.

— Je me sens si seule! dit-elle.

Chapitre 6

Enfin, tous les adultes arrêtent
de parler dans leur cellulaire et le
mettent de côté. Anna les regarde
remplir leurs assiettes.

— Rex se sent seul, lui aussi,
dit-elle.

Personne ne l'entend. Tout le
monde est trop occupé à manger.

Un peu plus tard, le papa d'Anna regarde autour de lui. Mais où est donc Anna?

— La côtelette d'Anna va refroidir, dit-il.

— Sa boisson gazeuse ne pétille presque plus, dit oncle Jeff en montrant le verre d'Anna.

Cathy et la maman d'Anna se regardent.

— Mais où est-elle donc passée? dit sa maman, inquiète.

— Peut-être qu'elle se cache, dit Cathy.

— Anna! appelle sa maman en regardant sous la table.

— Anna! appelle son papa en regardant sous les plants de tomates.

— Anna! crie oncle Jeff par-dessus la barrière.

Cathy court jusque devant la maison. Les autres la suivent.

— J'entends les marguerites pleurer, dit Cathy.

Le papa d'Anna prend sa petite fille dans ses bras et la serre fort.

Tout le monde a l'air inquiet.

— Pourquoi pleures-tu, Anna? demandent-ils. Pourquoi te cachais-tu?

Soudain, une sonnerie retentit.

— D'où vient ce bruit? demande
papa, étonné.

Anna regarde la boîte aux
lettres, qui a maintenant la bouche
fermée.

— C'est Rex, dit-elle.

— Rex? Qui est Rex? demande
sa maman en regardant son papa,
Cathy et oncle Jeff.

Tous les adultes hochent la tête.

Anna se sèche les yeux.

— Rex, c'est le monstre-boîte solitaire, dit-elle. Je lui ai donné vos cellulaires pour que vos amis puissent lui parler.

Anna les regarde tous et leur sourit, pleine d'espoir.

— Maintenant, *vous* allez pouvoir *me* parler.

Marguerite Hann Syme

Il y a trois choses que je sais à propos des cellulaires. La première, c'est que les gens parlent toujours très fort quand ils les utilisent. La deuxième, c'est que les gens utilisent leur cellulaire tout le temps, peu importe où ils se trouvent. La troisième, c'est que, si leur cellulaire sonne pendant qu'on leur parle, on peut être sûr qu'ils vont lui parler et oublier qu'on est là!

Je me demandais ce que peut ressentir, dans une telle situation, un enfant qui s'ennuie et qui aimerait jouer avec quelqu'un. Quand les adultes sont occupés à crier dans leur cellulaire, ils ne voient plus la personne qui a le plus besoin d'eux.

Janine Dawson

Quand j'étais enfant, j'écoutais une émission de
télévision qui s'appelait *L'homme invisible*. J'aurais
aimé pouvoir voler et avoir des pouvoirs magiques.
Mais j'aurais surtout aimé pouvoir être invisible.
Quand l'émission était finie, je me promenais dans
la maison en faisant semblant d'être invisible.
Bien sûr, je n'étais pas invisible et j'étais dans les
jambes de tout le monde.

Maintenant, quand je suis avec un ami qui
utilise son cellulaire, j'ai l'impression de disparaître!
C'est un peu comme si je devenais… INVISIBLE!
(Si seulement je pouvais aussi voler et avoir
des pouvoirs magiques!)